MENINOS & OUTROS DEMÓNIOS

© Moinhos, 2019.
© Pedro Salgueiro, 2019.

Edição: Camila Araujo & Nathan Matos
Assistente Editorial: Sérgio Ricardo
Revisão: LiteraturaBr Editorial
Diagramação e Projeto Gráfico: LiteraturaBr Editorial
Capa: Sérgio Ricardo
Ilustrações: Glauco Sobreira

1ª edição, Belo Horizonte, 2019.

Nesta edição, respeitou-se o novo Acordo Ortográfico da Língua Portuguesa.

Dados Internacionais de Catalogação na Publicação (CIP) de acordo com ISBD

S164m
Salgueiro, Pedro
Meninos & outros demônios / Pedro Salgueiro. - Belo Horizonte, MG : Moinhos, 2019.
60 p. ; 14cm x 21cm.
ISBN: 978-65-5026-032-3
1. Literatura brasileira. 2. Contos. I. Título.

2019-1945
         CDD 869.8992301
         CDU 821.134.3(81)-34

Elaborado por Vagner Rodolfo da Silva - CRB-8/9410

Índice para catálogo sistemático:
1. Literatura brasileira : Contos 869.8992301
2. Literatura brasileira : Contos 821.134.3(81)-34

Todos os direitos desta edição reservados à
Editora Moinhos
Belo Horizonte — MG
editoramoinhos.com.br
contato@editoramoinhos.com.br

PEDRO SALGUEIRO

MENINOS & OUTROS DEMÔNIOS

ILUSTRAÇÕES DE
GLAUCO SOBREIRA

MOINHOS

Apresentação

É com entusiasmo que se recebe um novo livro desse extraordinário escritor, Pedro Salgueiro. Seus livros são raros, preciosos.

Desta vez, ele retorna com quatro contos que falam da impiedade humana, da incompreensão. Meninos que atentam contra um velho e sua loucura; o desencontro misterioso, quase místico, entre uma mãe e um filho perdido e marcado por algo talvez imaginário, os cabelos azuis; um padre e uma senhora em refrega contra meninos da vizinhança que não respeitam os mais velhos; e um menino que se veste como um espantalho e vai ao encontro de uma misteriosa fatalidade. Os meninos são demonizados por adultos; causam sofrimentos, em sua pureza cruel. Eis a parte da natureza humana que alenta a literatura de Pedro Salgueiro.

E as palavras vêm acompanhadas por delicadas e belíssimas ilustrações de Glauco Sobreira, que com profundidade comentam a alma do livro, lançando mão da mesma frugalidade do texto. Não há cor, não há consistência, tudo é fugaz e fulminante. Temos, aqui, uma edição valiosa, destinada a jovens e a todos os que amam a literatura e o desenho de alta qualidade.

Ana Miranda

*Para Demitri Tulio e Raymundo Netto,
esses meninos passarinhos.*

> "Infância, era este o nome da criança
> Que, hoje, dorme entre os bichos, lá no escuro..."
> ("Ai de Mim!", António Nobre)

Coronel, coronel...

Repetia ordens inúteis, os vizinhos davam de ouvido e se afastavam sorrindo. O menear de cabeças indicava que há muito tempo não o levavam a sério. Ele não cansava e, de novo, batia continência ao primeiro que passasse na calçada, que logo apressava o passo, balançando a cabeça em desdém.

A filha repetia a quem quisesse ouvir que ele já fora médico famoso, tinha consultório montado na *praça* e era respeitado em *sociedade*. Repentinamente interrompia sua explicação à visita e saía avexada, pois uma algazarra tomava conta da rua.

— Coronel, Coronel... cabeça de pastel!...

Ela perdia a compostura e avançava contra os moleques, que insistiam em insultar o velho; descendo a calçada, ele os enxotava aos gritos, vez por outra apontando uma arma imaginária na direção dos agressores.

Logo que os meninos fugiam, a mais velha das filhas (a única que ainda morava em casa) entrava para dar atenção outra vez à amiga. Então voltava a insistir nas antigas qualidades do pai, segredando que, antes, todos da família frequentavam os clubes de grã-finos, que os filhos nunca haviam repetido uma roupa nas festas sociais... De repente parava, pensativa; minutos depois continuava com a voz embargada e, parecendo sofrer muito, confidenciava que a desgraça do velho foram as Forças Armadas... se não tivesse ficado tão empolgado com as vantagens dos militares, não teria ido à guerra e, consequentemente, não estaria naquela situação, impressionado com o que viu nos campos de batalha.

Lá fora, outro burburinho. O guerreiro antigo recomeçava nova peleja contra os pequenos invasores; mas desta vez ele recuava da sala em direção à cozinha, perseguido pelas pedradas que não lhe davam sossego. Novamente a filha saía em seu socorro e, com um cabo de vassoura nas mãos, afugentava a meninada, que dobrava a esquina aos gritos e ia planejar – embaixo do cajueiro da praça – um novo ataque para dali a pouco.

Sentava com dificuldades o pai na cadeira ao pé da janela, insistindo em explicar-lhe que não reagisse, pois iria dar um jeito naqueles *demônios*; e mal deixava a sala, voltando para a cozinha, já recomeçava a conversa, continuando como se a interrupção não tivesse sido importante. A tristeza substituía a raiva em poucos minutos.

A visitante ouvia de novo a história da mãe que, não suportando a vergonha de ver o marido tresvariar pelas calçadas, fugiu com as duas filhas mais novas e voltou para a casa dos pais, não retornando sequer nos casos de doença do coronel reformado. Jamais interrompia os devaneios da anfitriã, nem mesmo quando ela repetia pela terceira vez seu sofrimento e resignação ao ter de cuidar sozinha dele naquela situação, e ainda por cima aguentar a molecada da vizinhança insultando o coitado, não lhe dando tréguas.

— Atenção, recrutas, alto!... Marchem, soldados!... tragam ligeiro o mercúrio; segurem os braços e enfiem gazes na boca desse infeliz para ver se ele deixa de gritar.

Nesse instante o coronel conversava sozinho, dava ordens a uns, depois insistia com outros em tom diferente, conciliador. Às vezes esbravejava, afobado, como se falasse a um cachorro; de repente amenizava a voz e explicava humildemente que fizera o possível, não poderia fazer milagres.

A primogênita explicava que ele não podia ouvir os fogos nas festas juninas, entrava em pânico e se escondia no quartinho do quintal: tremia tanto que era necessário trazer o médico para lhe aplicar tranquilizantes. E não demorou muito para os moleques da rua perceberem seu medo das explosões, logo infestaram as calçadas com pequenas bombas "rasga-latas" – fazendo com que ela tomasse providências sérias, denunciando-os aos pais e até indo à delegacia "dar queixa".

A trégua dos meninos não tardaria muito a ser quebrada. O coronel agora discutia não sei que assunto em tom moderado; em seguida explodiria num acesso de fúria, exigindo a presença da filha antes que a sala fosse destruída. A visita não se assustou como da primeira vez, porém temia que a filha perdesse o controle sobre o pai. O velho, por fim, marchava de um canto a outro da sala, parando de vez em quando para dar continência a alguém que passava na calçada.

Bem do outro lado da praça, os meninos desciam do cajueiro e já preparavam uma nova ofensiva quando avistaram a "bruxa que protegia o velho" despedindo-se de sua comadre.

Sabiam que agora seria mais difícil um ataque direto, mas ficariam atentos, novamente empoleirados nos galhos da árvore, aguardando melhor oportunidade... Enquanto decidiam outra estratégia, revezavam-se – feito apaches endiabrados – em corridas rápidas pela frente da casa; e o grito de guerra enchia a rua.

— Coronel, coronel... cabeça de pastel!...

O Desaparecido

ou

O Menino do Cabelo Azul

Os gritos de Bárbara eram seguidos ao longe por todos os galos da cidade, num enorme alarido que obrigava os cachorros a permanecerem em vigilantes grunhidos noite adentro, como se todos os ruídos noturnos estivessem combinados.

Em noites de lua cheia, sempre se tinham notícias do menino a correr em algum beco ou jogar bila, sozinho, nos terrenos baldios, o cabelo azul ao vento, as mesmas roupas do dia em que saiu para nadar com outros na curva do rio pra nunca mais voltar.

As buscas da mãe se confundiam com as vozes aflitas dos companheirinhos, que juravam ter ouvido os gritos de Bárbara, do outro lado do rio, a chamar o menino até muito tempo depois de ele sumir aos olhos de todos.

Como pôde, pois, ela, em seus quarenta e seis anos bem e mal vividos, atravessar um rio a nado e ainda ter fôlego para, em desespero, clamar pelo filho na outra margem e voltar quase imediatamente para participar, entre soluços e lágrimas, na busca de um corpo que parecia enfeitiçado?

Daquele dia em diante, Bárbara deu para correr pelas estradas gritando pelo primogênito. O clamor alvoroçado, ao mesmo tempo em que afastava os que lhe eram próximos, atraía, numa sinfonia sem fim, todos os bichos que a escutavam; a ponto de qualquer algazarra do reino animal ainda hoje ser acompanhada de "pelo-sinais", "cruz-credos" e "ave-marias" por quem estiver perto, mesmo que não tenham ouvido os gritos da mãe louca chamando o filho e inquietando os bichos.

Todos os caixeiros-viajantes, vendedores de redes e espelhos, pedintes e errantes, que passam há mais de trinta anos pela cidade, dão notícias de um menino, rapaz, homem e agora senhor de barba branca e cabelos azuis, perguntando sempre pelo povo de Santa Luzia do Antão e, em especial, por Bárbara e seus outros filhos. Uns dizem se tratar de um vendedor ambulante de óleo de baleia para toda sorte de males; outros afirmam ser um pistoleiro que matou um padre na cidade vizinha e hoje se disfarça de cego, vendendo bilhetes de loteria; já alguns declaram, sussurrantes, ser ele um perigoso bandido que espalha terror pelas cidades perto do mar; porém, muitos contam histórias da mesma época, mas em lugares distantes uns dos outros, colocando em dúvida a veracidade dos fatos.

Seu Cesário deu uma explicação meio atabalhoada, que muitos fingiram entender. Disse ter lido num almanaque que todo homem tem o seu duplo, uma cópia fiel, sua, perdida pelo meio do mundo, e que mesmo um morrendo, o outro fica vivo. Mundica da pensão jura ter hospedado um homem do cabelo azulado há uns quinze anos, que este chegou à boca da noite, pediu notícias de D. Bárbara, saiu, voltou, dormiu e não acordou. Pela manhã o quarto estava vazio, as casas de aranha em seus devidos lugares, como se não tivesse entrado ali uma vivalma. Nas procissões de janeiro, muitos fiéis asseguram haver notado, entre tantas cabeças, uma azul, que logo se misturava e sumia de vista. Mesmo Padre Helênio enxergou na fila da comunhão um rapaz de cabelos cor do céu, que vinha na fila e nunca chegava à frente, parecendo encantado. Na rua da casa de D. Bárbara à noite não se passa, pois muitos já o avistaram passeando para lá e para cá em frente à porta, às vezes se escorar na esquina, a olhar o céu. Embaixo do flamboyant onde, dizem, outrora bruxas e fadas disputavam, revezando as noites, torneios de danças e sapateados, o aparecido deu para pinotear em meio à grande nuvem de poeira; quando o redemoinho baixava, os curiosos só encontravam pisadas de cães, bodes e outros animais de pés bem pequenos. E, sempre no dia seguinte a qualquer notícia de aparecimento, grande número de andorinhas amanheciam mortas pelas ruas da cidade, entristecendo o arrebol.

Ultimamente pareciam ter perdoado a velha Bárbara, ou esquecido. Porém não lhe dirigiam a palavra há sessenta e tantos anos. E foi com uma risada desdentada que ela ouviu, pela boca dos parentes, a última notícia, de que seu filho sumido era um mercador rico na capital distante e vinha buscá-la o mais tardar em um mês. Também é verdade que um senhor recém-chegado, com um grande boné cobrindo quase toda a cabeça, a procurou. Chegando à sua casa no momento exato em que aprumavam o caixão com os pés para a porta e saíam à rua, cabisbaixos, carregando-a para o cemitério. Mas ele ainda teve tempo de acompanhar, lá atrás, sob uma chuva fina e o repicar lento e cadenciado de um sino ao longe. Muitos viram lágrimas rolarem na sua face, e só as mulheres afirmam ter percebido, por baixo do grande boné, mechas de cabelos azuis. Antes de desaparecer, desta vez, para sempre. Deixando pela última vez andorinhas mortas inundando o chão da praça, para alegria dos gatos.

Meninos

Sentado na espreguiçadeira, o Padre Heládio retira vagarosamente algum piolho dos testículos – uma perna encolhida, e a outra, bem aberta, escorada num tamborete de trava quebrada. Daqui a pouco ele vestirá a batina, limpando o sebo das mãos com um molambo, pegará a bicicleta e irá espantar a molecada que joga bola no pátio da igreja, usando a porta principal como trave.

Ao longe vagueia D. Francisca Melo pelas calçadas, falando ao vento e gesticulando muito. A criançada a percebe e não tardam os insultos:

— Chica sabão, Chica sabão!...

Ela desvia sua eterna rota das calçadas e vem enxotar a cambada sem-vergonha, sem pai nem mãe, que se afasta gritando – a bola de meia à mão, chinelos na outra.

D. Francisca chega esbaforida à porta da igreja e só encontra o vigário, que a custo sobe o alto da matriz, aproveitando todas as sombras para respirar fundo e limpar o suor do rosto. Bem longe a meninada, antes de procurar outro local para brincar, ainda grita os últimos insultos:

— Chica sabão, Chica sabão!...

Mais tarde ela passará de casa em casa, informando-se de quem eram filhos os *demônios*, para, em seguida, enredar aos pais deles os desaforos recebidos. No crepúsculo o vigário reservará um cantinho da pregação para reclamar dos moleques que maltratam, a boladas, a porta da igreja e sequer respeitam os idosos.

No outro dia, bem cedo, lá estará novamente o reverendo a remexer nos testículos ensebados – as pernas escanchadas no tamborete manco –, em seguida irá enxotar os garotos do pátio da igreja, mas não os encontrará, visto que já foram perseguidos por D. Francisca Melo; aí então ele destilará alguns conselhos sobre como agir nessas ocasiões, indo atrás dos pais e relatando o sucedido... E, logo depois, pela boca da noite, reservará um pedacinho do sermão para, mais uma vez, reclamar dos meninos, que destroem sem dó a igreja e jamais respeitam os mais velhos.

O Espantalho

    Um espantalho se faz com amor. Todos são feitos da mesma palha, um chapéu velho de abas largas, um blusão de cor estampada, uma cara de espanto de quem se olha no espelho. Mas uns assustam mais do que outros: estes são feitos por amor ao simples ofício e não à plantação; não vale ódio aos bichos que desejem espantar, pois, se não, será mero poleiro de aves, e os porcos dormirão em sua sombra.
    Porém se um espantalho rasgado, ou melhor, retalhado a corte fino, perfurado por chumbo de espingarda e a cabeça esfolada por anos a fio, causa espanto e curiosidade a quem o vê, quanto mais a quem o fez.

Foi por isso que Zezinho, dez anos costurando os caras-feias para serem trucidados, não resistiu e um dia fez nele mesmo uma máscara de palha, remendou o camisolão rasgado na última empreitada e o vestiu devagarinho, enfiando o chapéu até quase os olhos.

E depois de uma tarde inteira debaixo do sol, os braços bambos mas crucificados, o suor escorrendo na testa e as picadas de mutuca no calcanhar ardendo que nem cansanção, foi que o menino viu, se esgueirando por entre o mato – com a foice em punho e a espingarda atravessada no ombro –; sim, foi que ele viu, irremediavelmente tarde... a figura triste de seu velho pai.

"E à noite nas tabas, se alguém duvidava
Do que ele contava,
Tornava prudente: 'Meninos, eu vi!'"
("I-Juca-Pirama", Gonçalves Dias)

O autor

PEDRO SALGUEIRO nasceu no Ceará (Tamboril, 1964), publicou *O Peso do Morto* (1997), *O Espantalho* (1996), *Brincar com Armas* (2000; 2.ª edição/*On-line*, França: Éditions 00h00.com, 2001), *Dos Valores do Inimigo* (2005) e *Inimigos* (2007), de contos; além de *Fortaleza Voadora* (2006), de crônicas, e *Pici* (2014), de pesquisa histórica. Prêmios: Academia Cearense de Letras, Ministério da Cultura/INL, Radio France Internationale – RFI (Prêmio da União Latina/Concurso Guimarães Rosa), Secretaria de Cultura do Estado do Ceará/SECULT e Secretaria de Cultura de Fortaleza/SECULTFOR. Contos publicados nas antologias *Geração 90: Manuscritos de Computador* – Org.

Nélson de Oliveira (São Paulo: Boitempo, 2001), *Os Cem Menores Contos Brasileiros do Século XX* – Org. Marcelino Freire (São Paulo: Ateliê, 2004), *Contos Cruéis: as narrativas mais violentas da literatura brasileira contemporânea* – Org. Rinaldo de Fernandes (São Paulo: Geração, 2006), *Quartas Histórias: contos baseados em narrativas de Guimarães Rosa* – Org. Rinaldo de Fernandes (Rio de Janeiro: Garamond, 2006), *Contos de Algibeira* – Org. Laís Chaffe (Porto Alegre: Casa Verde, 2007), *Todas as Guerras* – Org. Nélson de Oliveira (Rio de Janeiro: Bertrand Brasil, 2009) e *Assim Você Me Mata* – Org. Cláudio Brites (São Paulo: Terracota, 2012). Coedita as revistas literárias *Caos Portátil* e *Para Mamíferos*. Organizou, em parceria, o *Almanaque de Contos Cearenses*

(1997) e *O Cravo Roxo do Diabo: o conto fantástico no Ceará* (2011). Seu livro *Dos Valores do Inimigo* foi indicado pela Universidade Federal do Ceará (UFC) para o seu vestibular, em 2005 e 2006, e *Inimigos* foi finalista do Prêmio Jabuti de Literatura, da Câmara Brasileira do Livro, em 2008.

O ilustrador

Glauco Sobreira, natural de Juazeiro do Norte – Ceará, é médico e artista plástico autodidata. Participou de várias exposições individuais e coletivas em Fortaleza e em outras cidades brasileiras das quais destaca o 52º Salão de Abril – 2001 quando foi contemplado com o Prêmio Aquisição. Além disso, é ilustrador de vários livros infantis e infantojuvenis. Em 2014, publicou seu primeiro livro autoral intitulado *O Menino que Amava Futebol* pelas Edições Demócrito Rocha. É coeditor da revista de literatura e artes *Para Mamíferos*.

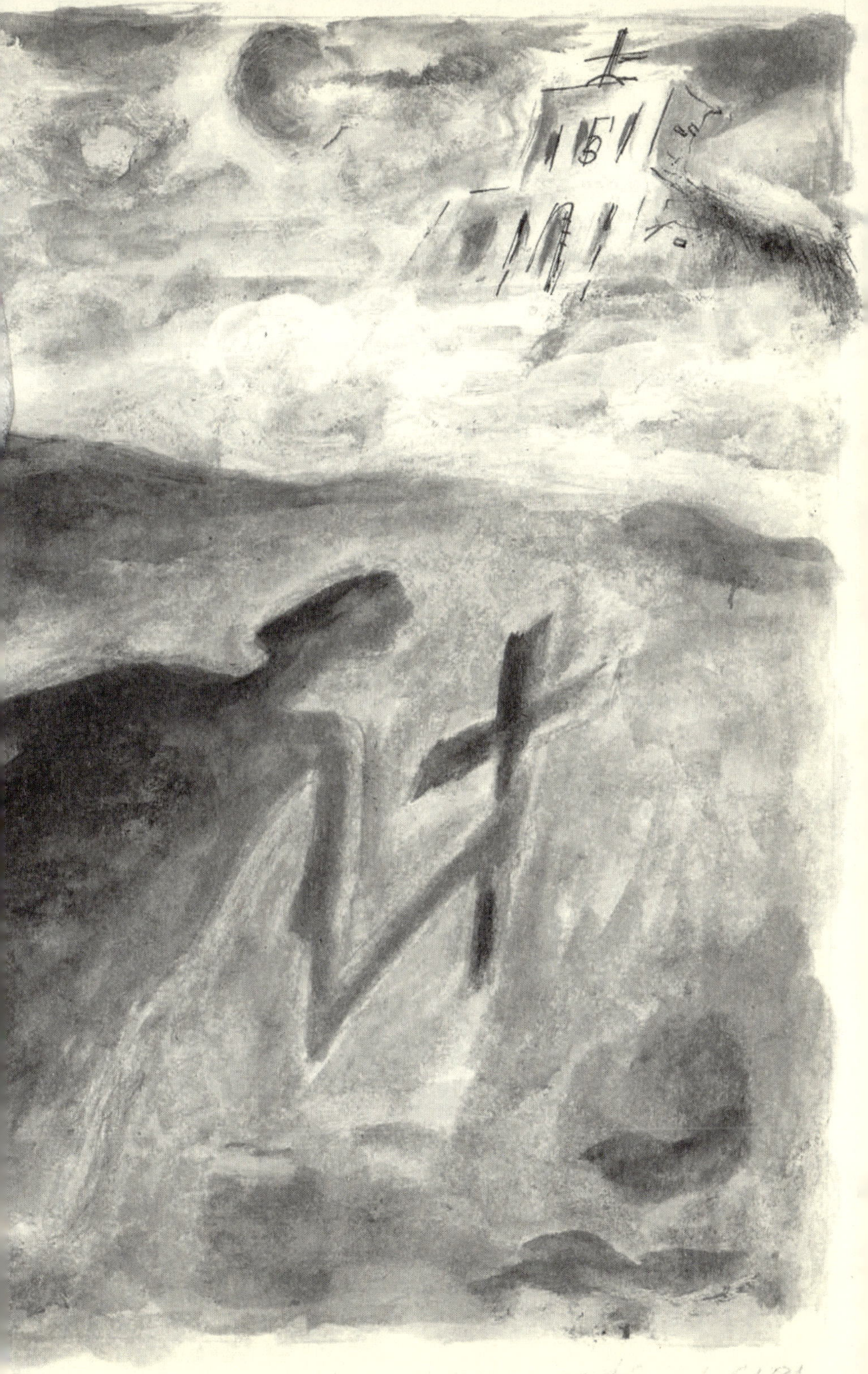

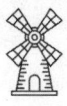

EDITORAMOINHOS.COM.BR

Este livro foi composto em tipologia Meridien LT Std, no papel pólen bold, enquanto Caetano Veloso cantava *Tatuagem*, para a Editora Moinhos em novembro de 2019.

Era quase Natal.